Anton Stuxberg

Nordostpassagens historia, eller, Vega-expeditionens föregångare

Antigonos

Anton Stuxberg

Nordostpassagens historia, eller, Vega-expeditionens föregångare

Oförändrat nytryck av originalutgåvan från 1880.

1:a upplagan 2024 | ISBN: 978-3-38692-047-6

Antigonos Verlag är ett imprint av Outlook Verlagsgesellschaft mbH.

Verlag (Förlag): Outlook Verlag GmbH, Zeilweg 44, 60439 Frankfurt, Deutschland
Vertretungsberechtigt (Auktoriserad representant): E. Roepke, Zeilweg 44, 60439 Frankfurt, Deutschland
Druck (Tryckeri): Libri Plureos GmbH, Friedensallee 273, 22763 Hamburg, Deutschland

Af

ANTON STUXBERG

NORDOSTPASSAGENS HISTORIA

eller

VEGA-EXPEDITIONENS FÖREGÅNGARE

STOCKHOLM

OSCAR L. LAMMS FÖRLAG.

NORDOSTPASSAGENS

HISTORIA

ELLER

VEGA-EXPEDITIONENS FÖREGÅNGARE.

EFTER BÄSTA KÄLLOR

AF

ANTON STUXBERG.

———×———

STOCKHOLM
OSCAR L. LAMMS FÖRLAG.

STOCKHOLM, TRYCKT I CENTRAL-TRYCKERIET, 1880.

När man öfverskådar de arktiska resornas historia, från äldsta tider till våra dagar, så mötes man af tre stora frågor, som mer än andra tilldraga sig uppmärksamheten, derför att deras lösning alltid förefallit så oöfvervinneligt svår, svårare, kan man säga, än alla andra frågor, som hafva något samband med forskningarna i de arktiska trakterna. Dessa tre frågor kunna korteligen uttryckas med de orden: nordpolen, nordvestpassagen och nordostpassagen — det är de tre stora målen, som nu under mer än tre århundraden eftersträfvats af olika nationer: engelsmän, holländare, ryssar, danskar, svenskar, tyskar, österrikare och nordamerikaner.

Hvad målet för den första frågans lösning beträffar, så innebäres det, utan vidare förklaring, i sjelfva namnet. Det gäller, rätt och slätt, att framkomma till nordpolen, det vare sig nu, att detta måste ske med fartyg, eller, sedan hypotesen om ett ständigt öppet polarhaf numera på goda grunder blifvit öfvergifven, med slädar, eller slutligen, såsom några personer föreslagit, med ballonger eller liknande luftskepp. Deremot torde det vara nödvändigt att förklara, hvad som egentligen menas med de inom den geografiska literaturen vanliga uttrycken: nordvest- och nord-ostpassage.

4

Med »nordvestpassagen» förstår man en sjöväg från Atlanten till Stilla hafvet genom den nordamerikanska ögruppen, d. v. s. i nordvestlig riktning från Europa. Med »nordostpassagen» menas likaledes en sjöväg från Atlanten till Stilla hafvet, men i nordostlig riktning från Europa, d. v. s. längs Sibiriens norra kust. Vägarne för de båda passagerna ligga således inom det rent arktiska området, norra Ishafvet.

Den svåra uppgiften att framtränga till nordpolen har ännu icke blifvit löst, oaktadt betydliga insatser derför blifvit gjorda både af kapital och personlig uppoffring. Nordvestpassagen är ännu i sin helhet ofullbordad; Mac Clure anses som dess finnare, ty allra största delen af sjövägen mellan Berings sund och Smiths sund genom Nordamerikas ishafsarkipelag har blifvit tillryggalagd med fartyg, men der finnes ännu en sträcka, må vara att den är blott tjugufem engelska mil lång, som ännu aldrig plöjts af en köl. Nordostpassagen slutligen, oaktadt meningarna på ett par undantag när uttalat sig för dess omöjlighet, är nu gjord gerning. Om England med rätta gör anspråk på att hafva funnit nordvestpassagen, så kan Sverige, efter den lyckliga utgången af professor Nordenskiölds senaste ishafsexpedition från Norge till Berings sund, med ännu större skäl berömma sig af att hafva funnit nordostpassagen och dermed också bragt till ett lyckligt slut en af polarforskningens tre stora hufvudfrågor.

Nordpolen är nu till sist det stora mål bortom »isregionens förgård», på hvilket framtiden skall koncentrera sina ansträngningar. Der finnes ännu så mycket outforskadt, der finnas ännu så många upptäckter att göra, att personer, som varmt intressera sig för den fullständiga kännedomen om hela vårt jordklot, skola framdeles, liksom förr och nu, egna sin tid åt dylika ansträngande arbeten. Hindren äro många, men uthålligheten skall slutligen besegra dem, och föregående expeditioners dyrköpta erfarenhet skall alltid gifva nyttiga vinkar för och underlätta en efterkommandes arbeten. Nordostpassagen har sedan den tiden, då man bättre lärde känna de högnordiska hafvens segelbarhet, alltid gält som den svåraste af de tre svåra uppgifterna. Nu, sedan denna uppgift är löst, lider det väl knappt något tvifvel, att man en gång skall lyckas att framtränga till jordens nordpol. Mattas icke intresset af, komma forskningarna i den höga norden att fortgå framdeles som under de senaste åren, då skall kanhända i en snar framtid nordpolen icke längre vara ett önskningsmål, utan denna snara framtids verkliga besittning. Vi, som fått upplefva nordostpassagens utförbarhet, skola kanhända också en vacker dag få höra talas om, att nordpolen blifvit uppnådd.

I det följande skola vi kasta en flyktig blick på nordostpassagens historia och dervid med några ord beröra frågans ståndpunkt på olika tider.

Spaniorernas och portugisernas vigtiga geografiska upptäckter i slutet af 1400-talet samt de stora rikedomar, som derigenom strömmade till Europa, öster ifrån öfver Portugal, vester ifrån öfver Spanien, lockade snart äfven andra sjöfarande och handelsdrifvande nationer till täflan med dem.

Särskildt för engelsmännen var en sådan täflan af nöden, emedan deras produkter vid denna tid endast betingade ett ringa pris på den europeiska marknaden och således icke der kunde finna någon fördelaktig afsättning. Sebastian Cabota (eller, såsom han vanligen kallas, Cabot) [1], en venezian, som vid unga år kommit med sin fader till England, hade redan före midten af 1500-talet genom egna resor och upptäckter, dels för engelsmäns räkning till New Foundland, dels för spaniorers till Brasilien, gjort sig ett kändt namn och blifvit upphöjd till »Grand Pilote of England». Denne Cabot framkastade planen för en sjöväg i nordostlig riktning till Kina och Indien, och sålunda bildades genom hans inflytande år 1553 ett sällskap af engelska köpmän, som stälde till sin uppgift att utföra det af honom gifna programmet.

---

[1] Sebastian Cabot föddes i Venezia 1475. Vid tjugu års ålder följde han sin fader Giovanni till London, der denne år 1496 af Henrik VII erhöll för sig och sina tre söner rättighet att under kunglig flagga utlöpa med sex fartyg på upptäcktsfärder. Sebastian Cabot gjorde sin första resa vid tjugutvå års ålder. Han upptäckte den 24 Juni 1497 Nordamerikas fastland, som man antager New Foundland (enligt andra Labrador), och hade kommit ungefär till Chesepeak-bay i Virginia, då han tvangs af brist på lifsmedel att vända åter till England. Han gick derefter i spansk tjenst, men vände slutligen efter flera resor år 1548, vid sjutiotre års ålder, tillbaka till England, der han af Edvard VI för sina många tjenster utnämndes till »Grand Pilote». Det var här, som han framkastade planen till nordostpassagen, för att på denna väg komma till Kina och Indien. Han lefde ännu vid åttiotvå års ålder, då Stephen Burroughs expedition år 1556 afgick, och han var sjelf närvarande vid expeditionens afgång. Antagligen dog han kort derefter, ty efter denna tid återfinner man ingenstädes mera hans namn i något företag.

Sällskapet trädde genast i verksamhet och utrustade samma år en expedition bestående af tre fartyg, som hade till hufvudsaklig uppgift att söka den nordöstra vägen till Indien.

De tre fartygen utgjordes af a) Bona Esperanza, om 120 tons och med sir Hugh Willoughby såsom befälhafvare, b) Edward Bonadventura, om 160 tons och under befäl af kapten Richard Chancellor, samt c) Bona Confidéntia, om 90 tons och under befäl af Master Durfoorth. Expeditionen utgick från Ratcliff den 20 Maj 1553. Sir Hugh var chef för expeditionen i dess helhet. Utanför norra Norge skildes fartygen genom en storm den 30 Juli. Sir Hugh seglade utan uppehåll vidare och kom den 14 Augusti i sigte af land, antagligen kuststräckan mellan södra och norra Gåskap på Novaja Semlja. Emedan kusten var omgifven af is och årstiden enligt sir Hughs förmenande var långt framskriden, vände han åter mot vester och gick till ankar i mynningen af Arsina-elfven (»Varsina»), vester om ön Nokujeff, vid 68° 23′ n. br. och 38° 39′ ostl. längd från Greenwich. Efter flera fruktlösa försök att sammanträffa med landets invånare dukade hela Bona Esperanzas och Bona Confidentias besättning, sjuttio man, både befäl och manskap, under genom döden innan följande vår [1]. Sir Hugh och flertalet af de båda fartygens besättningar lefde ännu i Januari 1554. De döda kropparne, fartygen och de förda dagböckerna, som

---

[1] Forster och Adelung uppge båda, att Bona Confidentia skilts från Sir Hugh och återkommit till England. Detta motsäges emellertid af de gamla källskrifterna rörande resan.

för öfrigt äro af ett mycket magert innehåll, hittades på våren samma år af några ryska fiskare eller fångstmän. Fartygsinventarierna och varorna fördes till Cholmogory (de gamle nordboernas Holmgård, i närheten af det nu varande Archangelsk), men återlemnades sedan på Ivan IV Vasiljevitschs befallning till engelsmännen, som endast på detta sätt fingo kunskap om sina landsmäns sorgliga öde.

Emellertid seglade kapten Chancellor med det tredje fartyget, Edward Bonadventura, efter en veckas uppehåll i Vardöhus hamn in i Hvita hafvet och nådde Dvinas mynning. Den 23 November 1553 begaf han sig från Cholmogory till Moskva. Han mottogs der i festlig audiens af tsaren, emedan han utgaf sig för att vara sändebud från kung Edward VI, och inledde så för Ryssland handelsförbindelsen med Vesteuropa, på samma gång som han för England öppnade handelsvägen öfver land till det inre af Asien[1].

---

[1] För att belysa de närmare omständigheterna, huru England och Ryssland första gången trädde i förbindelse med hvarandra, låna vi ur Adelung (»Reisenden in Russland bis 1700», sidd. 201—202) följande: »När underrättelsen spridt sig till Moskva om engelsmännens ankomst, gaf Ivan Vasiljevitsch befallning att på det vänskapligaste mottaga främlingarne och inbjöd ledaren sjelf att komma till Moskva, der han blef mottagen med mycken uppmärksamhet. Chancellor återvände det följande året, 1554, till sitt fädernesland med en skrifvelse från storfursten till drottning Maria med de utmärktaste bevis på hans beredvillighet att träda i närmare förbindelse med England. År 1555 gick Chancellor för andra gången, på uppdrag af det under Cabots ledning bildade 'Muscovy Company', med en rik laddning till Ryssland, der han nu, liksom förra gången, rönte det bästa mottagande i Moskva och fann en ypperlig afsättning för sina varor. Då han året derefter anträdde hemfärden, medsände Ivan Vasiljevitsch diakonen Ossip Grigorjevitsch Nepea såsom gesandt för att försäkra

Följderna af denna resa, som till Vesteuropa bragte den första kunskapen om det redan för ryssarne bekanta landet Novaja Semlja, blef bildandet i London af »the Muscovy Company», som stälde till sin uppgift att befästa och utvidga den vunna marknaden samt att fortsätta upptäcktsfärderna i nordostlig riktning.

År 1556 den 29 April utgick från Gravesend, på bekostnad af »the Muscovy Company», pinassen Searchthrift under befäl af Stephen Burrough (Burrowe), hvilken som »master» medföljt Chancellor 1553. Uppgiften var att framtränga åtminstone till floden Ob. Den 23 Maj dublerade Burrough Nordkap, och den 9 Juni framkom han till Ko-

drottningen af England om sin vänskap och att med henne sluta en ännu fastare förening. Men Chancellors fartyg led skeppsbrott på Skotlands kust, och Chancellor fann sjelf vid detta tillfälle sin graf i vågorna. De dyrbara skänkerna, som storfursten skickat åt drottningen, och alla varor, som engelsmännen tillbytt sig i Ryssland, gingo förlorade. Den ryske gesandten var den ende, som lyckades rädda sig; han fortsatte sin resa till London, der han mottogs och bemöttes med stor utmärkelse, och återvände sedan år 1557 till Ryssland med rikliga bevis på drottningens ynnest och bevågenhet.» — Från denna tid strömmade fartyg i mängd från Vesteuropa, företrädesvis från England, till Hvita hafvet, och redan samma år, som Grigorjevitsch återvände till sitt hemland, finna vi den sedermera så berömde Jenkinson på uppdrag af 'the Muscovy Company' i handelsangelägenheter i Ryssland. Jenkinson kom, liksom Chancellor, att spela en framstående roll för den framtida samfärdseln mellan England och Ryssland. Han begaf sig år 1558 långt in i Ryssland, seglade öfver Kaspiska hafvet och trängde sålunda långt bortom Rysslands dåtida gräns, fram emot Bokhara. Fyra särskilda gånger besökte han ytterligare Ryssland och utverkade slutligen, efter tioårig bekantskap med storfursten, för det engelska handelssällskapet ett förmånligt privilegium beträffande den nordiska handeln.

la-bugten, som han benämner Kola-floden. Här uppehöll han sig till den 22 Juni för att reparera sitt fartyg, då han begaf sig vidare i sällskap med flera ryska lodjor [1]. Han kringseglade Kanin Nos och Svjatoj Nos, framkom den 15 Juli till Petschora och inlopp den 25 Juli, efter att vid 70° 5′ n. br. hafva mött mäktiga isflak, som hvarje ögonblick hotade att pressa sönder hans fartyg, i Kariska hafvet vid en ö, som han gaf namnet S:t Jakob-ön (70° 42′ n. br.) och som är belägen vid Novaja Semljas sydända. Den 3 Aug. landsteg han på Vajgatsch-ön, der han vid denna tiden fann flera ryssar. Han besökte Bolvanski Nos (d. ä. Afguda-udden) och meddelar derifrån den första trogna skildring, som literaturen äger öfver samojedernas offerplatser. På offerplatsen på Bolvanski Nos fann han ej mindre än 300 afgudabilder. Han säger om dem, att de voro »de gröfsta och minst konstnärliga arbeten han någonsin sett; munnen och ögonen voro på åtskilliga af dem blodbestänkta, de hade formen af män, qvinnor och barn, voro ytterst groft tillhuggna och på flera ställen blodbestänkta. Några af dessa gudabilder utgjordes af en gammal träpinne med två eller tre hak gjorda med en knif.» Denna korta beskrifning har sin tillämpning ännu i våra dagar.

Burrough upptäckte härefter Jugor Schar, men förherskande nordostliga vindar, drifis och nätternas tilltagande

---

[1] En lodja är ett tremastadt fartyg, som lastar från 25 ända till 70 och 80 tons. Masterna äro af ett enda stycke, och de två främsta bära hvardera ett råsegel, den bakersta deremot ett gaffelsegel Hvarje lodja har 10 till 20 mans besättning.

längd beröfvade honom hoppet att detta år nå slutmålet för sin resa. Han stannade i Jugor Schar till den 20 Augusti och vände så åter till Cholmogory, dit han kom den 10 September.

Han öfvervintrade i Cholmogory och hade för afsigt att följande året fortsätta sin resa. Då erhöll han emellertid af engelska regeringen i uppdrag att uppsöka den Willoughbyska expeditionens förolyckade fartyg. Han fann fartygen vid Nokujeff-ön, men återvände derefter till Cholmogory, utan att framtränga till Ob eller Novaja Semlja.

Engelsmännens misslyckade försök att i nordostlig riktning finna vägen till Kina och Indien föranledde dem att för någon tid vända sina forskningsresor för samma syfte mot nordvest. Men när äfven de af Frobisher under åren 1576, 1577 och 1578 företagna tre resorna för nordvestpassagens finnande blefvo fullkomligt fruktlösa, begynte de på nytt att söka sin lycka i hafven nordost om Europa.

»The Muscovy Company», som fått privilegium på handeln med Ryssland, utrustade för den skull år 1580 två barker, George (40 tons) och William (20 tons), under befäl af Arthur Pet och Charles Jackman, för att uppsöka den nordöstra vägen till Kina. Den 30 Maj lupo de ut från Harwich och kommo den 23 Juni till Vardöhus, der de qvarhöllos af motiga vindar till den 1 Juli. »Pet skyndade med sitt fartyg i förväg, framkom den 10 Juli till Gåslandet på Novaja Semlja (70° 30′ n. br.), vände derefter mot Kariska porten, som han fann stängd af is, framkom den 18 Juli till sydändan af Vajgatsch och Jugor Schar, som efter honom erhållit namnet Pets Sound, och trängde den 25 Juli till sammans med Jackman 4 till 5 mil in i det Kariska hafvet, hvilket han åter lemnade redan den 28 Juli, emedan isen icke medgaf honom någon passage.» (O. Peschel, Geschichte der Erdkunde, p. 294.) Pet återkom den 26 December samma år lyckligt till Ratcliff; Jackman deremot öfvervintrade någonstädes på norska kusten söder om Trondhjem, utgick i Februari månad följande året i sällskap med ett danskt fartyg, men hördes sedan aldrig mera af.

Detta engelsmännens å nyo misslyckade försök aflägsnade nu deras tankar för en lång tid på en nordostlig genomfart. För det närvarande känner man visserligen, att den vägen icke med så stor framgång kan väljas norr om Novaja Semlja, men om man fäster sig vid dåtidens erfarenheter i saken, så måste man verkligen finna det förvånande, såsom en auktoritet i början af detta århundrade uttrycker sig, »att de fruktlösa försöken i ett så trångt och grundt sund som Jugor, der isen ofta måste ogenomträngligt packa sig samman, så snart gjorde en ända på alla förhoppningar, och att ingen föll på den tanken, att försöka kringsegla det nyupptäckta landet ifrån vester eller norr, der dock hafvet är ojämförligt djupare och rymligare, och der man alltså hade långt större utsigter till framgång.» Orsaken dertill har man utan tvifvel att söka dels i bristen på hjelpmedel, ty dittills hade alla resor blifvit utrustade på privatmäns bekostnad, dels också i den omständigheten, att man väntade sig bättre resultat af ett likartadt företag mot nordvest.

Holländarne, som vid denna tid gjorde engelsmännen herraväldet på hafvet stridigt, väntade emellertid endast på befrielsen från Filip II:s tryckande regering för att med så mycket större ifver våga ·sig på dylika företag.

År 1593 bildade sig ett sällskap af Middelburgska köpmän för att utrusta ett fartyg för det omnämnda ändamålet. Deras exempel följdes af köpmän i Eukhuyzen, hvilka kraftigt understöddes af generalstaterna samt prins Morits af Oranien. Och till dem slöto sig sedermera handlandena i Amsterdam, som uppfordrades till liknande företag af Peter Plancius, en af de berömdaste och kunnigaste geografer på sin tid. Genom dessa köpmäns förenade krafter utrustades fyra fartyg, som år 1594 utgingo från Texel i Holland, med uppgift att genom en nordostlig genomfart finna vägen till Indien. Expeditionen leddes af a) Wilhelm Barents från Amsterdam (der Gesandte jämte en liten Schellingsk fiskarjakt), som gjort sig känd såsom en erfaren och djerf sjöman, samt b) Cornelis Nai och Brand Isbrand (der Schwan och Merkur), af hvilka den förre vistats någon tid i Ryssland och således hade någon bekantskap med ryska förhållanden. Barents skulle enligt geografen Plancius' föreskrift taga vägen norr om Novaja Semlja, Nai och Isbrand åter hade att framtränga genom sundet mellan Vajgatsch och fastlandet.

Fartygen utgingo från Texel de första dagarne af Juni och framkommo till Kola-mynningen den 29 Juni. Derefter skildes deras vägar.

14

Barents stälde kursen mot nordost. Den 4 Juli fick han Novaja Semlja i sigte, der han landsteg vid 73° 46' n. br., de ryska sjöfarandenas Mys Suchoi. Han fortsatte färden nordvart, passerade Krestovaja Guba (74° 20' n. br.), upptäckte Amiralitets-»ön», Tschorni Mys (= Svartenhoek, 75° 20' n. br.) och Vilhelms-ön, samt ankrade den 9 Juli i Beerenforth-bugten. Han besökte vidare Krestovi Ostroff och Kap Nassau, mötte den 13 Juli mycket is, men följde kusten åt till »Troosthoek» och såg den 29 Juli, då han nått 77° n. br., österut Novaja Semljas nordspets, som han gaf namnet Iskap (»Yshoek»). Den 31 Juli nådde Barents Oraniska öarne. Emedan hafvet var betäckt af is och manskapet gjorde svårigheter, vände han den följande dagen om mot söder för att sluta sig till Nais parti. Barents följde Novaja Semljas vestra kust till Kariska porten, der han af drifis hindrades att angöra landets sydspets. Han stälde då kursen mot sydvest och nådde vid 69° 15' n. br. öarne Matvejeff och Dolgoi, der han sammanträffade med Nai, som nyss återkommit från Vajgatsch.

Nai gick efter skilsmässan från Barents i slutet af Juni österut. Han passerade den 7 Juli Kanin-halfön, gjorde ett kort uppehåll i Petschoras mynning (den 18 Juli) och kom den 21 Juli i sigte af Vajgatsch-öns vestkust. Han gick vidare till Jugor Schar (»De Straet van Nassau»), der han på Vajgatsch-öns strand, vid 69° 43' n. br., fann en samling af 400 samojediska afgudar af trä. Den 1 Aug. lopp han in i Kariska hafvet, som han gaf namnet

Nya Nordsjön (»Nieuve Noort Zee»). Han var nära att vända om, emedan han mötte mycket drifis, men tillryggalade omkring 45 geogr. mil (180 minuter), hvarefter han fick syn på en låg kust, som gick från SV till NO. Femtio geogr. mil från Jugor Schar visade sig land i nordostlig riktning. Nai drog deraf den slutsatsen, att den stora flod (sannolikt Mutnaja Guba på Samojedhalfön), som flöt ut der, måste vara Ob, att kusten derifrån fortgick direkt till det mytiska Kap Tabin och vidare till Kina, att expeditionens uppgift vore löst, och att följaktligen ingenting mer vore att upptäcka.[1] Kusten mellan Jugor Schar och den förmenta floden Ob kallade han Nya Holland. Han beslöt nu att återvända hem. Den 15 Augusti passerade han

---

[1] Det skall helt visst förefalla mången besynnerligt, att Nai af nisa upptäckter kunde komma till en sådan slutledning. Men vi måste härvid draga oss till minnes, att man på den tiden alldeles icke hade någon aning om, att den asiatiska kontinenten sträcker sig ej mindre än 120 längdgrader österut från Ob inom polcirkeln. Dåtidens uppfattning af Asiens norra gräns grundade sig på en år 1546 utgifven karta af frih. Sigismund von Herberstein, hvilken två särskilda gånger, 1517 och 1524, vistats vid hofvet i Moskva och då samlat materialet till sin i många afseenden epokgörande publikation — den första värdefulla karta af Ryssland, som den geografiska vetenskapen känner. På denna karta finnes mycket riktigt Irtisch framstäld som en biflod till Ob, floderna Mesen och Petschora finnas der också, och Hvita hafvet framställes första gången såsom en arm af Ishafvet. Men Herberstein förlägger Obs källa till sjön Kitaisk, och derifrån skulle vägen enligt dåtidens uppfattning icke vara synnerligen lång till Peking (Cumbalich, Chambalik). Vi veta nu, att det var genom bekantskapen med denna karta, som Cabot först föll på den tanken att söka nordostpassagen, hvartill Herberstein alltså kan få göra anspråk på att anses som den indirekte upphofsmannen.

16

Jugor Schar på återvägen och sammanträffade omkring 10 geogr. mil vester derifrån med Barents.

Båda afdelningarna fortsatte sedan till sammans hemfärden. Den 24 Augusti passerade de Vardöhus, och den 16 September återkommo de till Texel.

Genom de till allt utseende säkra underrättelser om möjligheten af en nordostlig genomfart till Kina, hvilka medlemmarne af den Naiska expeditionen och särskildt Linschooten medförde, underhöllos de mest sangviniska förhoppningar om företagets utförbarhet hos prins Morits af Oranien och generalstaterna, så att redan det följande året, 1595, utgick från Holland en ny expedition, bestående af sju fartyg och under ledning af amiral Nai. Befälet öfver de särskilda fartygen innehades af Vilhelm Barents, Brand Isbrand Tetgales, Lambert Oom, Thomas Willemson, Hermann Janson och Heinr. Hartmann. Dessutom medföljde Linschooten, de la Dal, Heemskerck, Rijp och Buys. — Expeditionen lemnade Holland den 2 Juli och skilde sig i två afdelningar, efter att hafva kringseglat Nordkap den 7 Augusti. Den ena afdelningen gick till Hvita hafvet. Den andra gick österut, mötte is den 17 Augusti vid 70° 30′ n. br. omkring 12 geogr. mil vester om Novaja Semlja och framkom två dagar senare till Jugor Schar, som var spärradt af is. Den 25 Augusti gjorde holländarne ett försök att tränga österut, men förgäfves. Ett nytt försök den 2 September aflopp bättre. De trängde några mil in i Kariska hafvet, men måste i följd af is och nordvestliga stormar uppge försöket att komma vidare och vände åter den 15 September. Barents ensam ville icke vända om; han yrkade på, att man antingen redan detta år borde segla norrut längs Novaja Semljas vestkust, eller ock öfvervintra der man då befann sig och nästa sommar försöka komma vidare. Men hans förslag vann icke bifall af någon. — Efter en äfventyrlig hemfärd befann sig expeditionen sent på hösten åter i Holland.

Generalstaterna, som jämte prins Morits af Oranien deltagit i utrustningen af denna dyrbara, men alldeles fruktlösa expedition, beslöto sig nu för att icke vidare offra något på expeditioner i denna riktning. Men på det icke intresset för nordostpassagens finnande för framtiden måtte afmattas, utfäste de en belöning af 25,000 gulden.

Geografen Plancius såg emellertid i den föregående expeditionens misslyckande ett stöd för sin hypotes om ett öppet polarhaf, och att man följaktligen borde söka vägen till Kina och Indien norr om Novaja Semlja. Plancius' teoretiska spekulationer och Barents' praktiska sjömannaduglighet förmådde några köpmän i Amsterdam att än en gång utsända en expedition för nordostpassagens finnande. Så kom Barents' tredje resa till stånd, »kanhända den mest betydande», säger C. R. Markham, »näst Hudsons af alla resor, som blifvit företagna till gränsen för de okända polartrakterna». Två fartyg utgingo från Amsterdam den 10 Maj 1596, under befäl af Jan Corneliszoon Rijp och Jakob van Heemskerck. Barents deltog såsom styrman på Heemskercks fartyg, men var i sjelfva verket själen i hela företaget. Rijp och Barents voro af olika meningar rörande vägen för färden. De båda fartygen följdes till en början åt; de upptäckte gemensamt Beeren Eiland och af Spetsbergen det nuvarande Hakluyt Healand och någon del af nordkusten. Men den 1 Juli skildes de vid Beeren Eiland, då Rijp vände om norrut mot Spetsbergen och Barents seglade österut.

Den 14 Juli seglade Barents »så långt in i isen, att han icke förmådde tränga längre fram, ty han kunde ingenstädes se någon öppning i den, och blef sålunda tvungen att med stor möda och ansträngning lovera ut ur den igen samma väg som han kommit; han befann sig då vid 74° 10' n. br.». Den 17 Juli fick Barents Novaja Semljas vestkust i sigte vid 74° 40' n. br. Under outsägliga ansträngningar kämpande mot isen, trängde han nordvart längs landets kust. Den 18 Juli passerade han Amiralitets-ön, men från den 19 Juli till den 5 Augusti måste han ligga för ankar vid Korsön, emedan tätt packad is hindrade hans färd. Den 7 Aug. passerade han Hoek van Trost, men stötte åter på is och måste förtöja sitt fartyg vid ett stort, 36 famnar djupt och 16 famnar högt isberg. Efter ständig kamp med ismassorna nådde han den 15 Oraniska öarne och den 19 Hoek van Begeerte. Han hade nu dublerat Novaja Semljas nordända och stälde altså kursen mot sydost.

Svårigheterna hade hittills visserligen varit stora nog för Barents och hans kamrater, men från denna tid begynner en ny rad af pröfningar, långt värre och outhärdligare än de hittills upplefda, och hvartill sjöfartens annaler före denna tid icke hafva att uppvisa något motstycke. Vi skola för den skull något utförligare omtala Barents' följande äfventyr.

Den 21 Augusti inlopp Barents för första gången med sitt fartyg i den så kallade Ishamnen, hvilken är belägen på Novaja Semljas ostkust vid 76° 7′ n. br. och 68° 34′ ostl. längd. Han gick till ankar derstädes för natten och försökte följande dagen att tränga vidare mot öster. Men han möttes af dimma och tätt sluten is, så att han efter något loverande den 23 måste bege sig åter till Ishamnen, der han den 24 instängdes af is. Dagen derpå blef han åter fri, han följde landets ostkust söderut, men kunde icke framtränga längre än till Stroom-bay Härifrån vände han tillbaka mot norr. Då han passerade Ishamnen den 26 Augusti, blef han på nytt instängd af isen der. I följd af ostliga vindar, som voro de förherskande vid denna tid och höllo isen tätt packad mot land, var det honom icke vidare möjligt att med sitt fartyg slå sig ut ur den af drifis uppfylda och omgifna viken. Under de sista dagarna af månaden rasade sydostliga stormar, som försatte fartyget i en mycket farlig kollision med isen. Det blef ganska illa tilltygadt af denna, det förlorade sitt roder, och man begynte hysa grundade farhågor för dess fullständiga undergång. Den 3 Sept. inträdde visserligen en förändring till det bättre, isen begynte fördela sig en smula, men vidriga vindar hindrade fartyget att löpa ut, isen hopade sig på nytt kring det samma, det undergick ytterligare skador och blef redlöst liggande på ena sidan.

Från denna stund sväfvade Barents och hans folk icke

längre i ovisshet om det öde, som hotade dem. De lefde sig så småningom in i den föreställningen, att de måste tillbringa vintern här, och fattade derför det beslutet att föra i land ett gammalt segel, vapen, ammunition, proviant och timmer, samt att, för den händelse de möjligen kunde blifva fria, ställa i ordning och förbättra den redan på stranden befintliga båten.

Den 7 Sept. företogo några af manskapet en utflygt längs stranden. De upptäckte en liten flod, vid hvars mynning hafvet uppkastat en stor mängd drifved, och sågo spår i snön, som de trodde härröra från renar och elgar. Det ogynsamma vädret, särskildt de häftiga nordostvindarne, som varade de två följande dagarne, var icke just egnadt att inge dem något hopp om en slutlig befrielse; och då vintern redan var i antågande, hade de följaktligen intet annat val än att förbereda sig på en öfvervintring.

Det blef alltså beslutadt att bygga ett hus på land, och utan dröjsmål grep man verket an. I främsta rummet hade man att utvälja en passande bygnadsplats, och åtta man, väl beväpnade för att afvärja isbjörnarnes anfall, gingo åter ut för att uppsöka och hemföra den drifved, som påträffats redan förut. Enligt beräkning borde denna drifvedssamling vara tillräcklig icke allenast till bygnadsmaterial, utan äfven att elda med under den långa vintern. Vi kunna lätt tänka oss hvilken glädje detta fynd framkallade hos hela manskapet.

I midten af Sept. togo de talrika, af holländarne städse mycket fruktade mötena med isbjörnar sin början. Det var redan så kallt, att hafsvattnet afsatte två tum tjock is.

För vinterbostadens uppförande begyntes nu framforslingen af drifveden från den 6,000 steg aflägsna fyndorten, och för detta ändamål begagnades slädar, som drogos hvardera af 8 man. I medeltal framforslades 4 slädar drifved om dagen.

Under senare hälften af Sept. blef hafvet närmast omkring mer eller mindre isfritt. Men fartyget var fortfarande omgifvet af is, och då holländarne redan uppgifvit allt hopp om att kunna återvända detta år, funno de sig i sitt öde och begynte den 26 Sept. förberedelserna för uppförandet af vinterbostaden. Kölden blef redan hinderlig för deras bygnadsarbete, och tid efter annan upprepades björnarnes besök. Trots deras jämförelsevis stora antal var det dock för holländarne alltid en oroväckande sak, då en björn eller flera ville göra deras bekantskap. Hade de icke genast en brinnande lunta till hands, så måste de reda sig med sina hillebarder och spjut, och till och med då de sköto på björnarne, gagnade detta mestadels snarare till att skrämma bort de närgångna bestarne än att såra eller döda någon bland dem. Kölden var den 27 Sept. så skarp, att om någon under bygnadsarbetet tog en spik i munnen, frös denna genast så fast, att blod följde med, då den åter togs ut.

Den 29 Sept. på eftermiddagen gick vinden öfver på ostkanten och medförde under natten och följande dagen en så våldsam snöstorm, att det icke var möjligt för manskapet att hemta drifved. Snöstormen tilltog den 1 Oktober under en hård nordostvind med sådan häftighet, att man knappast kunde andas, och man kunde då se framför sig högst två till tre fartygslängder.

Den 12 Oktober flyttade hälften af manskapet, åtta man, in i det nybygda huset och tillbragte der natten för första gången. Men de måste ännu fördraga köld och rök, ty de voro icke försedda med tillräckligt varma kläder, och icke heller hade de ännu gjort sängplatserna och eldstaden i ordning. Nu fortsattes transporten af alla lifsmedel och andra brukbara saker från fartyget till vinterbostaden dit återstoden af manskapet, åtta man, inflyttade redan den 24. Under den sista slädtransporten blefvo de åter angripna af tre isbjörnar, men de drefvo dem på flykten med sina hillebarder. I samma mån, som solen för hvarje dag höjde sig allt mindre öfver horisonten, blefvo nu också fjällrackorna synliga, af hvilka den första dödades den 27 Oktober och genast stektes och åts; hennes kött smakade som kanin, och holländarne åto sedan kött af fjällrackor med mycken begärlighet hela vintern igenom. Af isbjörnarnes kött deremot gjorde de alldeles ingen användning. Sedan all proviant och andra nödvändighetsartiklar blifvit inflyttade i vinterbostaden, fullbordade och afslutade de anordningarna i husets inre. De satte vägguret i gång, upphängde lampan, som matades med björnfett, och hopförde så mycket drifved, som de kunde komma öfver, hvarvid de hade att kämpa mot starka snöfall och svåra stormar. Den 3 November syntes solen sista gången öfver horisonten. Från denna dag tog den långa arktiska vinternatten sin början.

Till förberedelserna för vintern hörde också att ombesörja bad, hvilket skeppsläkaren åtog sig. Såsom badkar tjenade ett stort vinfat, i hvilket den ene efter den andre kröp ner. Denna badtillställning, sannolikt att döma ett ångbad, var en verklig välgerning för manskapet och bidrog helt säkert i väsentlig mån till dess sundhet. På proviant var i allmänhet ingen brist. Särskildt voro holländarne väl försedda med kött och fisk, mindre deremot var mängden af bröd, som också för den skull efter den 8 November utdelades i smärre rationer. Minst hade man qvar af dryckesvaror, det öl, som ännu fans, hade till en del blifvit förderfvadt, svagt och utan smak, och vinet begynte snart att minskas, så att från den 12 November utdelades deraf endast två glas dagligen pr man, men mestadels gömde de sina vinrationer för särskilda högtidliga tillfällen och drucko i vanliga fall (smält) snövatten. Af fjällrackor, som förekommo talrikt, sedan solen försvann, då deremot isbjörnarne icke syntes till allt ifrån denna tid ända tills solen åter visade sig öfver horisonten, hade de godt färskt kött, som de skattade lika högt som vildt. De uppstälde för den skull räffällor och drefvo hela vintern en flitig och inbringande fjällracksfångst. Fällorna vitjades dagligen, alltid fingo de åtminstone en fjällracka om dagen, en gång till och med fyra; de begagnade icke blott deras kött såsom föda, utan de förfärdigade äfven pelsverk af deras skinn, såsom mössor och dylikt.

Under hela November månad var kölden icke så skarp, vädret icke så dåligt, att holländarne dömdes att för någon längre tid hålla sig inom hus. De kunde regelmässigt gå att vitja sina fällor, hemta drifved och emellanåt besöka fartyget. Endast -två dagar omnämnas särskildt, då de af väderleken tvungos att hålla sig inomhus, men icke på grund af stark köld, utan af svåra snöfall.

December månad skaffade holländarne mera bekymmer än November, kölden tilltog, brännmaterialen visade sig otillräckliga, snöstormarne försvårade vistandet i det fria, proviant och dryckesvaror voro otillräckliga för en sådan öfvervintring. Den af ohyflade trästycken hopfogade vinterhyddan var naturligtvis något luftig och kunde icke hållas tillräckligt varm med ved allenast i den mån kölden tilltog. De tilltäppte för den skull skorstenen och försökte elda med stenkol, som de hemtade från fartyget; genom ett sådant förfaringssätt tilltog värmen visserligen ganska hastigt, men koloset medförde naturligen en lifsfarlig bedöfning af de inneboende personerna, hvilka endast genom att skyndsamt öppna skorstenen och dörren kunde rädda sig från en eljest säker död. Men när dessa öppnats, gick åter mycken värme förlorad. För den skull underhöllo de stundom alldeles ingen eld, men då inträdde snart en ännu mycket märkbarare köld, på väggarne och sofplatserna bildade sig tjock is, vägguret stannade, och endast med möda kunde sanduret hållas i gång. När kölden blef synnerligen skarp, begynte till och med vinet att frysa, så att det måste tinas upp före måltiden. De sökte nu att bekämpa kölden genom en möjligast varm beklädning och genom att särskildt värma fötterna. De sista dagarne i månaden hade holländarne att kämpa med en ny svårighet. Då togo snöfallen så öfverhand, att deras vinterhydda fullständigt snöade in, och de måste formligen gräfva sig ut, alldeles som ur en källare. Detta oaktadt förblefvo de vid godt mod och räknade på att de med December månads utgång hade öfverlefvat största delen af vinternatten, och att de nu efter en icke allt för långt aflägsen framtid hade att motse solens uppgång öfver horisonten.

Såsom det gamla året hade gått till ända, så trädde det nya året 1597 in. Det gjorde sitt inträde med häftig köld, stormar och snöfall. Under hela fyra dygn lemnade holländarne icke sin hydda. Hvad som fans qvar af vinförrådet gömdes nu delvis för möjligen kommande ännu sämre tider. All den drifved, som de med så mycken möda släpat ihop, var redan uppbränd, och de hade nu ej annat att göra än att elda med några husgerådssaker af trä. Då inträffade den 5 Januari en förändring i väderleken: det blef stilla och mildt, holländarne kunde åter gå ut i det fria och hemta nytt bränsle. Emedan det var trettondedagsafton, beslöto de att festligt fira dagen, så vidt deras tillgångar det medgåfvo. För detta ändamål uttogo de sina hopsparade vinrationer, bakade pannkakor i olja och tillredde annat extra bakverk af hvetemjöl. De voro alla glada och muntra, liksom vore de hemma bland de sina och hölle der en stor fest, fjärran från denna tröstlösa ensamhet i ett skoglöst, snöbetäckt land, hvars enda befolkning utgjordes af dem, skilda hundratals mil från sina hem. Den 21 Januari gjorde de den iakttagelsen, att fjällrackorna begynte uteblifva; detta höllo de för ett tecken dertill, att björnarne snart åter skulle visa sig, och detta blef också sedermera mycket riktigt händelsen. Så länge björnarne voro försvunna, gjorde fjällrackorna sina besök, och kort innan björnarne åter visade sig, försvunno fjällrackorna nästan fullkomligt.

Då holländarne den 22 Januari roade sig i det fria med bollspel, varsnade de åter igen ett dagsljusets tilltagande, hvaraf några drogo den slutsatsen, att solen snart skulle visa sig öfver horisonten. Och då Gerrit de Veer och Heemskerck den 24 Januari promenerade utefter stranden, sågo de till sin stora glädje den sedan den 3 November försvunna solens rand ofvan horisonten. De två följande dagarne hade de visserligen icke denna anblick, emedan dimma rådde, men de fingo en ersättning derför den 27 derigenom, att de alla den dagen sågo solens hela skifva ofvan horisonten.

Februari gjorde sitt inträde med storm och snöfall, hvilka hopade allt mera snö kring hyddan, så att de den 3 Februari begynte underhålla förbindelsen med ytterverlden genom skorstenen, emedan det föll sig långt beqvämare än att hvarje gång skotta undan de djupa snösamlingarna utanför dörren. Den 12 Februari fäldes en björn af nio fots längd och sju fots höjd, som gaf dem minst 100 skålp. fett, hvilket var dem mycket välkommet såsom brännmaterial i deras lampor; björnköttet kastade de ut åt fjällrackorna, som ännu visade sig en och annan gång. Den nya tillökningen af brännmaterial för lamporna medgaf dem nu någon tid bortåt att mer, än som förr varit fallet, under vintern sysselsätta sig med läsning och dylikt.

Mars månad stälde holländarnes tålamod på ett hårdt prof. Den återvändande vinterkölden, som de redan trodde sig vara förbi, det ogynsamma vädret och svårigheten att långt bort ifrån tid efter annan hemskaffa de nödvändiga vedförråden begynte att inverka skadligt på deras under vintern i allmänhet gauska goda helsotillstånd. Nu talas för första gången i dagboken om »de sjuka», som lågo i sina bäddar och uppvärmdes af de friska genom heta stenar, hvaremot de friska åter sökte hålla sig varma genom att gå och springa i det fria. — Den sista veckan af April var vackert, angenämt väder, och från och med den sista i samma månad var solen dag och natt öfver horisonten.

I Maj begyntes förberedelserna för att lemna vinterhyddan och anträda återresan till Holland. I den fasta öfvertygelsen, att detta snart nog skulle lyckas dem, gjorde de den 1 Maj slut på den sista återstoden nötkött, som ännu var förträffligt bibehållet och, såsom dagboken uttrycker sig, »endast hade det felet, att det icke räckte längre». En hård storm från sydvest sopade den 2 Maj hafvet nästan fullkomligt rent från is, men issamlingen vid fartyget låg fortfarande qvar, så att manskapet begynte uppge hoppet om att någonsin kunna begagna sig af det. För återresan satte de derför sin enda lit till de båda odäckade båtarne.- Fartygets befälhafvare Heemskerck hade visserligen till en början förklarat, att de skulle qvarstanna i Ishamnen till slutet af Juni, emedan han hoppades, att fartyget då skulle kunna vara fritt från den omgifvande isen, men manskapet önskade allt efter som tiden framskred, att man skulle lemna fartyget åt dess öde, öfverge det och begagna båtarne ensamt för återfärden. Manskapet hade Barents på sin sida, och denne lyckades också vinna befälhafvaren för manskapets mening. Den 14 Maj, efter två veckors agitation, lofvade befälhafvaren att gå manskapets önskningar till mötes, i fall icke fartyget vore isfritt i slutet af Maj. Men månaden gick till ända, utan att der visade sig någon utsigt, att fartyget vid den tiden kunde komma loss.

Den 27 Maj begynte holländarne sätta i stånd och tackla båtarne. De hade länge sedan fått nog af vistelsen i vinterhyddan och hade redan en vecka i förväg gjort sina klädespersedlar och andra saker resklara, för att icke framdeles öda någon tid derpå. Alldeles isfritt blef hafvet icke under hela Maj månad, ty ostliga vindar förde hvarje gång mer eller mindre drifis in mot kusten. Eljest äro icke många tilldragelser af särskildt intresse att omtala från denna månad: man fann bland annat, att björnarne voro mindre djerfva och närgångna än förut, man hemtade drifved sista gången den 14 Maj, och då man en vecka senare ännu behöfde något material att elda med, nedref man vinterhyddans utbygnad och begagnade den som ved. Holländarne nedrefvo slutligen också en del af sjelfva vinterhyddan för att användas vid båtarnes fördigbygnad.

I första hälften af Juni fortsattes förberedelserna för återfärden med fördubblad ifver. Af de meteorologiska uppgifterna framgår, att nu också den arktiska sommaren tog sin början. Den 6 Juni omnämnes det första regnet, som kom med sydvestlig vind, marken begynte tina upp, och de under vintern använda filtstöflarne måste utbytas mot läderstöflar. Arbetena för afresan voro af trefaldig art, först båtarnes sluttimring, vidare deras och lifsmedlens transport till öppet vatten öfver en betydlig landsträcka och öfver hopskrufvad is, slutligen äfven transporten af två sjuka, styrmannen Barents och en af matroserna, till platsen för afresan.

Den 3 Juni, efter sex dagars arbete, blef den mindre båten segelklar, och sex dagar derefter, den 9 Juni, den större. Medan en del af manskapet förrättade detta arbete, förde de andra till hafvet de saker, som skulle följa med hem. Dertill kunde ännu slädarne användas. Från den 4 Juni fördes många slädladdningar till afgångsplatsen. Alla sakerna inpackades i små, lätt handterliga balar, det ännu återstående vinet fyldes på små fat, för att man i nödfall med lätthet skulle kunna lossa och lasta dessa ting. Der funnos så många saker, att det syntes tvifvelaktigt, huruvida allt kunde rymmas i båtarne.

Det svåraste arbetet var transporten af de båda båtarne till hafvet. Holländarne måste för det ändamålet först med stor ansträngning och möda genom isflaken utarbeta en jämn väg med yxor, hackor, skyfflar o. d. Men äfven detta hårda arbete utfördes med gladt mod, när de ännu till sist hade att afvärja angreppet af en stor, mager isbjörn. Detta arbete fullbordades den 12 Juni. Den 14 Juni var allt i ordning för afresan. De båda sjuka, Barents och matrosen, fördes först från vinterhyddan på slädar till afgångsstället. Barents skref dess förinnan ett bref, i hvilket han skildrade expeditionens öden och öfvervintringen, och som han upphängde i rökfånget insydt i en ammunitionspåse. Dessutom nedskref befälhafvaren Heemskerck två bref, ett för hvarje båt, i hvilka de skäl anfördes, som gåfvo anledning till den vågade återresan i två odäckade båtar. Härpå befalde de sitt öde i Guds händer och afseglade den 14 Juni 1597 från den plats, der de hade tillbragt nära tio månader. De togo samma väg som de kommit, foro så vidt möjligt i närheten eller i sigte af land, kringseglade Novaja Semljas nordända och följde derefter landets vestkust till Kariska pörten. Derifrån stälde de kursen mot Petschoras mynning, följde ryska kuststräckan vesterut och anlände lyckligt den 2 September till Kola, efter en båtfärd, som varat två och en half månader och omfattar en väglängd af sexton hundra sjömil, alla krokar frånräknade. Den 1 November 1597 kom expeditionen åter till Amsterdam, helsad af folkets jubelrop, men af de sjutton man, som öfvervintrat i Ishamnen, voro numera endast tolf i lifvet. Barents hade dött strax efter det båtfärden begyntes, den 19 Juni, dagen innan expeditionen dublerade Iskap. Hans ben hvila förmodligen någonstädes på Novaja Semljas ogästvänliga nordkust [1].

---

[1] Sedan holländarne den 14 Juni 1597 lemnade Ishamnen, har denna intill den 7 September 1871, således under en tid af 274 år, bevisligen icke varit besökt af menniskor. År 1871, efter det att

Det var att vänta, att den olyckliga utgången af Barents' öfvervintringsexpedition skulle verka afskräckande från upprepade företag i samma syfte och betydligt sänka de förhoppningar, som man dittills hyst om programmets slutliga lösning. Dertill kom ännu en annan omständighet, den nämligen, att samtidigt med Barents' tredje resa hade vägen

---

norska fångstmän redan två år förut inträngt i hafvet öster om Novaja Semlja, kom den gamle ishafsfararen E. Carlsen från Tromsö af en händelse att med sitt fartyg inlöpa i Ishamnen den 7 September. Carlsen fann der på stranden åtskilliga lemningar af ett förolyckadt fartyg och längst in i bottnen af viken ett hus, som han genast igenkände hafva tillhört holländarne. Huset hade 32 fots längd, 20 fots bredd och var bygdt af $1\frac{1}{2}$ tum tjocka, 14 till 16 tum breda furuplankor. I det numera förfallna huset hittade Carlsen och hans folk en mängd saker, sammanlagdt omkring 150 olika artiklar. Bland dessa må särskildt nämnas: gevärspipor, svärd, hillebarder, lansspetsar, verktyg, brynstenar, grytor, ljusstakar, tennstop, ett väggur, en flöjt, lås, en metallklocka, en kista (som innehöll filar och andra verktyg), några klädespersedlar, som voro förmultnade, en trefot, som tjenat såsom härd, samt tre böcker, af hvilka den ena utgjordes af ett väl bibehållet exemplar af Mendozas »Kinas historia» i holländsk öfversättning. Utanför huset funnos massor af ren-, säl-, björn- och hvalrossben. När Carlsen återkom till Hammerfest den 4 November, inköptes de af honom funna relikerna af engelsmannen Lister Kay, som sedermera öfverlemnade dem åt nederländska regeringen. De deponerades i marinmuseet i Haag, der ett hus, framtill öppet, blifvit konstrueradt för att inrymma dem. De Jonge har egnat dessa reliker en särskild skrift, »Nova . Sembla. De voorwerpen door de Nederlandsche zeevaarders na hunne overwintering ald aar 1597, achtergelaten en in 1871 door kapitein Carlsen teruggevonden», tryckt i Haag 1872. Han pröfvar först deras äkthet, lemnar derefter en berättelse om Barents' resa, behandlar sedan den frågan, huruvida någon resande besökt platsen för öfvervintringen före 1871, och ger slutligen en detaljerad beskrifning af de olika sakerna jämte historiska och antiqvariska upplysningar.

till Indien kring Goda Hopps-udden utan svårighet blifvit tillryggalagd af Cornelius Houtman (1595—1597), dennes exempel manade till efterföljd, och der bildades ett holländskt-ostindiskt handelskompani, som sedan på denna väg begynte sin välsignelserika kolonialverksamhet i de ostindiska farvattnen.

Men der fans ännu i England en man, som höll hårdnackadt fast vid det gamla programmet om en passage i nordvestlig, nordlig eller nordostlig riktning. Det var Henry Hudson, känd lika mycket genom sina många och vigtiga geografiska upptäckter som genom sin tragiska död.

Hudson hade under sin första ishafsresa 1607, sedan han upptäckt Grönlands ostkust, gjort ett fruktlöst försök att norrut från Spetsbergen tränga fram öfver polen. Han beslöt för den skull att försöka sin lycka i nordostlig riktning. Det följande året, 1608, utgick han den 22 April från Thames med ett litet fartyg, som »the Muscovy Company» utrustat för hans räkning. Han kringseglade Nordkap den 3 Juni, träffade sex dagar senare vid 75° 30′ n. br. den första isen, som han undkom efter några få stötar, kryssade sedan långsamt vidare, tills han genom våldsamma nord- och nordostvindar såg sig tvungen att vända, och gick den 25 Juni till ankar utanför Novaja Semljas vestkust vid 72° 12′ n. br. Han fann på stranden en mängd hvalben och renhorn och såg här och der i hafvet hvalar, hvalrossar och sälhundar. Landet gjorde på Hudson öfver hufvud taget ett angenämt intryck. Han upptäckte en stor flod (sannolikt Gussinicha), som kom från nordost, och utskickade en del af sitt manskap med uppdrag att utforska, om här icke möjligen vore den sökta genomgången. Men manskapet återvände utan önskadt resultat. Han gjorde nu ett sista försök att förbi Vajgatsch-ön intränga i Kariska hafvet; men oöfvervinneliga hinder spärrade hans väg. Beröfvad hoppet att finna nordostpassagen, anträdde han den 6 Juli återfärden och landsteg den 26 Augusti i Gravesend. — Denna Hudsons resa är så till vida af vigt för den fysikaliska geografien, som derunder anstäldes de första iakttagelserna öfver magnetnålens inklination i de arktiska trakterna.

Hudson hade emellertid på visst sätt ännu icke uppgifvit allt hopp. Två år senare, 1610, då han var gången öfver i holländskt-ostindiska kompaniets tjenst, upprepade han försöket att finna en nordostpassage. Han lemnade Texel den 25 Mars, passerade en månad derefter Nordkap och stälde så kursen rakt på Novaja Semlja. Den 4 Maj fann han hela landet omgifvet af ännu obruten is. Han vände för den skull den 19 Maj åter till Vardöhus och gick derifrån öfver till Nordamerika i afsigt att i denna riktning finna en sjöväg till Indien.

År 1612 försökte en holländare, Jan Corneliszoon van Horn, att norr om Novaja Semlja framtränga mot öster. Från ön Kildin stälde han kursen direkt mot Novaja Semlja och framkom dit den 30 Juli. Han seglade längs kusten norr ut ända till den 8 Aug., då han möttes af tät, med landet sammanhängande is. Han följde ismassans rand ända till 76° 30′ n. br. och vände först der tillbaka mot Novaja Semlja. Han styrde derefter mot nordvest längs efter en

34

isbarrier intill 77° n. br., gick på nytt tillbaka mot kusten, men anträdde sedan återfärden till Holland.

Det så kallade Nordiska eller Grönländska kompaniet, som bildat sig i Holland år 1614, utrustade år 1625 ett fartyg för ett förnyadt försök att i nordost finna vägen till Kina. Befälhafvare för fartyget blef Cornelis Bosman. Han utgick från Texel den 24 Juni, passerade den 24 Juli ön Kolgujeff och fick den 28 Juli Novaja Semljas kust i sigte vid 71° 55' n. br. Ända till den 3 Augusti hade han att oafbrutet slå sig fram genom is. Först denna dag lyckades det honom att inlöpa i en med tolf till tretton holmar uppfyld vik. Den 7 Augusti gick Bosman åter till segels, den 10 inträngde han i Jugor Schar, och den 13 i Kariska hafvet. Mäktiga ismassor drefvo honom snart tillbaka till sundet, hvarigenom han kommit. Den 24 Augusti utbröt en våldsam storm från nordost, hvarunder fartyget förlorade sina båda ankaren. Bosman hade nu ej annat val än att, med eller mot sin vilja, återvända till Holland. Han återkom dit den 1 September.

Detta var holländarnes sista försök att finna en nordostlig väg till Indien. Den fruktlösa utgången af alla resor, som de gjort, föranledde dem nu att inskränka sig till den visserligen ojämförligt längre, men i alla händelser säkra vägen kring Afrika. Väl återfinna vi efter denna tid holländska fartyg i Novaja Semljas och andra arktiska haf, en holländare vid namn Vlaming gjorde till och med år 1664 en ganska märklig resa kring Novaja Semljas nordända och trängde långt in i Kariska hafvet — men emedan dessa resors mål var ett helt annat, nämligen fångsten af hvalar och andra trangifvande djur, så kunna de icke komma under behandling vid denna öfversigt.

Efter många misslyckade försök mot nordvest begynte man åter under sista hälften af sjuttonde århundradet att i England tänka på en nordostpassage. Mångahanda och till största delen icke mycket sannolika underrättelser om de arktiska hafvens isfrihet, äfvensom om resor, som skulle hafva blifvit företagna af holländska fartyg till ovanligt höga breddgrader, ja, ända till sjelfva polen, och några hundra mil österut från Novaja Semlja, Barents' mening, att Kariska hafvet är isfritt 20 mil från kusten, samt slutligen egna och sjelfständiga funderingar ingåfvo John Wood, kapten i engelska marinen, en erfaren och skicklig sjöman, som hade åtföljt sir John Narborough på hans resa genom Magellans sund, den öfvertygelsen, att man med säkert hopp om ett lyckligt resultat skulle kunna söka denna genomgång midt emellan Spetsbergen och Novaja Semlja. Besluten att egna sig åt detta företag, ingick han 1676 till konungen och hertigen af York med en skrifvelse, i hvilken han framstälde 7 motiv och 3 faktiska bevis [1] för sin åsigt.

---

[1] Motiven voro: 1:o Barents hade uttalat den meningen, att isen sträcker sig icke mer än 20 mil ut från Grönlands och Novaja Semljas kuster, och ett mellanrum af 160 mil utgöres af öppet haf; 2:o ett bref från Holland, offentliggjordt i »Philosophical Transactions», ådagalägger, att ryssar hade funnit hafvet öppet norr om Novaja Semlja; 3:o några holländare, som lidit skeppsbrott på Korea, hade berättat, att der på kusten fångats hvalar med isittande engelska och holländska harpuner; 4:o en för mr Joseph Moxon af holländare berättad egendomlig historia; 5:o berättelsen om ett holländskt fartyg, som

Båda pröfvade riktigheten af hans framställning, och konungen gaf befallning, att fregatten Speedwell skulle ställas till kapten Woods disposition, under det att hertigen i förening med flera magnater inköpte pinken Prosperous, som under befäl af kapten William Flawes skulle åtfölja Speedwell.

Wood och Flawes utgingo från Thames den 28 Maj 1676, passerade Nordkap den 19 Juni och stälde sedan kursen mot nordost. Den 22 Juni, då de enligt beräkning befunno sig vid 75° 53′ n. br. och 39° 48′ ostl. längd, stötte de på sammanhängande is, som sträckte sig från VNV till OSO. Under förutsättning, att denna is sammanhängde med Spetsbergen, styrde de längs efter dess rand österut. Fyra dygn seglade de i denna riktning och lupo in i hvarje öppning, som de trodde sig se i isen, men det visade sig, att den hade bildat en alldeles sammanhängande och ogenomtränglig mur. Den 26 Juni på aftonen sågo de på 15 mils afstånd Novaja Semljas höga och snöbetäckta kust. Följande dagen öfvertygade de sig, att isen sammanhängde med kusten, och hunno vid middagen, på 6 mils afstånd från land, 70° 46′ n. br. och 54° 4′ ostl. längd.

varit polen nära på en grads afstånd — hvilken berättelse gifvits honom af kapten Goulden; 6:o kapten Gouldens påstående, att all drifved funnen på Grönland var svårt sönderäten af hafsdjur; 7:o berättelsen om två fartyg, som seglat 300 mil österut från Novaja Semlja (berättelsen finnes tryckt i »Philosophical Transactions»). — De faktiska bevisen voro: 1:o Vid polen är lika varmt som under norra polarcirkeln — det bevisas af grönländares erfarenhet; 2:o några icke fullt begripliga påståenden om vindförhållanden och dimmor; samt 3:o jordmagnetismens inflytande kan icke i någon förvillande grad inverka på en säker passage tvärs öfver polen.

I afvaktan på en gynsam förändring i isens läge loverade de mellan kusten och en massa isflak, som hade aflöst sig från den fasta isen. Den 29 fram mot midnatt, då vinden var vestlig och dimma rådde, varskodde man från Speedwell is rätt för-ut. Man lät genast vända, men under sjelfva brassningen stötte fartyget mot ett undervattensgrund, hvilket det likväl undkom utan vidare äfventyr. Men kort derefter syntes åter igen bränningar, och under en andra vändning fastnade fartyget så ohjelpligt på en klippa, att det icke syntes möjligt mer att komma loss. Vågornas svall kastade det ännu högre upp på grundet, fregatten blef läck och begynte fyllas med vatten. Kapten Wood hade intet annat val än att med sitt manskap rädda sig till stranden, hvilket också lyckades honom med förlust af två man. Men de räddade befunno sig nu i en nästan hopplös belägenhet. Deras följeslagare Prosperous var försvunnen bortom horisonten, och de misstänkte, att äfven den lidit skeppsbrott, eller att, om så icke varit händelsen, det var för den omöjligt att se dem under den nu rådande tjockan. Den enda roddbåt, som de hade qvar, kunde bära blott omkring tretio personer; men de voro sammanlagdt sjutio. Några önskade att fara i båten till Rysslands kust; andra ansågo det vara bättre att öfver land bege sig dit; några tänkte till och med att förstöra båten, på det att alla måtte vederfaras ett och samma öde, det måtte bli räddning eller undergång. För att tygla deras onda afsigter betjenade sig kapten Wood af det under inga omständigheter lofvärda hjelpmedlet af rusgifvande drycker; han bemödade sig att genom ett ständigt rus göra dem glömska af sitt onda uppsåt. De lefde under hela tio dagar i en sådan fruktansvärd belägenhet, tills ändtligen den 8 Juli Prosperous till allas glädje visade sig utanför under segel. Kapten Flawes varseblef den eld, som de gjort upp för att ådraga sig hans uppmärksamhet; han räddade dem alla och kom den 22 Juli med dem välbehållen åter till England.

Den olyckliga utgången af kapten Woods företag hade från en den ifrigaste förfäktare af nordostpassagen gjort honom till en häftig motståndare deremot. Han försäkrade, att Novaja Semlja och Spetsbergen bilda ett sammanhängande fastland, att hafvet, som omger dem, är betäckt med evig is, och att man måste hålla alla berättelser af holländare och engelsmän, som påstå motsatsen, för blotta uppfinningar, såsom de också till en del ovilkorligen måste vara. »Det är å ena sidan tydligt», säger Lütke, »att denna sjöfarande för att försvara sin olycka betjenade sig af månget påstående, som är svårt att bevisa och som han kanhända icke sjelf trodde på; men å andra sidan begingo de, som fortfarande försvarade nordostpassagen, lika bevisliga orättvisor mot honom. De kastade på honom hela skulden för företagets misslyckade utgång och påstodo, att han blifvit sin första plan otrogen, att han, i stället för att hålla sig midt emellan Spetsbergen och Novaja Semlja, af feghet sökt sig in till detta senare lands kust, och mycket annat dylikt. Kapten Wood seglade från Nordkap i nordostlig riktning, träffade den ogenomträngliga isen nära nog midt emellan Spetsbergen och Novaja Semlja, och måste nödvändigt, för att finna en väg genom den samma, förändra sin dittills följda kurs och särskildt taga vägen mot öster, ty vid ostkusten af Spetsbergen hopar sig isen, genom en beständig strömsättning från öster mot vester, ojämförligt mycket mera än vid kusten af Novaja Semlja. En färd mellan is och land är vida farligare och osäkrare än mellan ren is, och Wood har för den skull icke tagit vägen in emot land af något slags feghet. För att rättvist kunna bedöma en sjöfarandes handlingssätt i brydsamma fall, särskildt för att beskylla honom för feghet eller dylikt, skulle man alltid först sjelf hafva försökt något likartadt.»

Liksom året 1625 betecknar slutpunkten för holländarnes försök att finna den nordostliga vägen till Indien, så betecknar året 1676 för en lång tid slutpunkten för engelsmännens sträfvanden i samma syfte. Enskilda lärde, sådana som Lomonossof, Engel, Barington och andra, sökte visserligen ännu gång efter annan att framhålla nordostpassagens möjlighet, men det är tydligt, att hvarken regeringarne eller privata kapitalister lyssnat till deras mening. Året 1676 var och förblef en betydande gränspunkt i nordostpassagens historia, ty der frågan då lemnades, der blef hon stående under ett helt århundrade, och när engelsmännen sedan åter igen togo upp henne, skedde det endast vid sidan af ett annat vigtigt företag, som naturligtvis blef behandladt som hufvudsak.

När den bekante upptäcktsresanden Cook i Juli 1776 med fartygen Resolution och Discovery gick ut på sin tredje stora resa, hade han i uppdrag af amiralitetet att våren

1778 från Kamtschatka segla norrut så långt, som kunde synas honom möjligt, »för att söka en nordost- eller nordvestpassage från Stilla hafvet till Atlanten eller Nordsjön». Att från det af Bering år 1728 genomseglade och efter honom benämnda Berings sund tränga ostvart och söka finna nordvestpassagen var hufvudmålet för Cooks resa — ty samtidigt skulle en annan engelsk expedition under Pickersgill från Baffins bay segla vestvart — men man ville icke lemna tillfället obegagnadt att äfven då pröfva nordostpassagens möjlighet, ehuru i omvänd riktning mot de tolf föregående expeditionerna.

Efter sina storartade upptäckter i Stilla hafvet seglade Cook, i enlighet med de erhållna föreskrifterna, sommaren 1778 norrut mot Berings sund. Han lemnade Aleutiska ögruppen den 2 Juli och passerade Berings sund den 10 Augusti. En vecka senare, den 17 Augusti, mötte han den första isen vid 70° 41′ n. br., sedan han förut följt den amerikanska kontinenten ända till Iskap (70° 15′ n. br.). Den 18 Augusti fann Cook för godt att vända, han befann sig då vid 70° 44′ n. br. och 160° 35′ vestl. längd från Greenwich, hvarefter han stälde färden mot vester och sydvest, allt efter isens läge. Han nådde Sibiriens ishafskust vid Rirkajpia (Nordkap), som är beläget vid 68° 55′ n. br. och 179° 54′ vestl. längd. Han ansåg det omöjligt att komma längre i denna riktning och vände för den skull mot öster och genom Berings sund till de Havaiska öarne, der han, som bekant, blef dödad i en strid med infödingarne den 14 Februari 1779. Samma expeditions andre befälhafvare, kapten Clerke, gjorde detta år ett nytt försök att från Berings sund tränga ostvart mot Baffins bay, men försöket aflopp utan synnerlig framgång. Resultatet blef, att kapten Clerke bestred möjligheten af en nordost- eller nordvestpassage. Forster, som medföljde expeditionen, uttalade sig emot teorien om Ishafvets segelbarhet synnerligt långt norr om Berings sund, och redaktören af Cooks reseverk påstod, att »denna Cooks resa hade visat menskligheten den välgerningen, att man på grund af dess utgång borde lära sig att afstå från andra likartade onyttiga upptäcktsresor». Dermed var i England domen sagd öfver nordostpassagens utförbarhet, ty sedan den tiden hafva engelsmännen aldrig mera befattat sig dermed. Deras arbeten och forskningar i polartrakterna hafva sedan dess uteslutande egnats åt att framtränga till polen och att utföra nordvestpassagen.

Åter igen förflöt en lång tidrymd, nära ett helt århundrade, innan tanken på nordostpassagens utförbarhet vaknade till nytt lif. Under tiden hade de arktiska trakternas geografi, deras vind- och strömförhållanden blifvit ojämförligt mycket bättre kända än under Cooks dagar: den sibiriska kuststräckan mellan Lena och Berings sund hade blifvit kartlagd, engelska vetenskapliga expeditioner och amerikanska fångstmän hade befarit Ishafvet på stora sträckor å ömse sidor om Berings sund, hafvet mellan Spetsbergen och Novaja Semlja hade blifvit rätt väl undersökt, norrmännen hade genom sina många framgångsrika fångstfärder visat vägen till Kariska hafvet, och de erfarenheter slutligen, som blifvit samlade särskildt under detta århundrades många resor i andra arktiska haf, hade lemnat många upplysningar af stort värde. Med sådana förutsättningar till grund och ångan som hjelpmedel i navigationens tjenst kunde man hysa goda förhoppningar att ändtligen lösa det gamla problemet om nordostpassagens möjlighet. Österrikarne voro de, som nu togo saken om hand.

Efter en rekognosceringsfärd i hafvet mellan Spetsbergen och Novaja Semlja sommaren 1871 beslöto österrikarne Weyprecht och Payer att förbi Novaja Semljas nordspets och Sibiriens kust göra försöket att framtränga till Berings sund och derunder anställa forskningar i det okända hafvet nordost ut från Novaja Semlja. Tanken om en österrikiskungersk ishafsexpedition mottogs med entusiasm inom hela österrikiska monarkien. Befälet öfver expeditionen i dess helhet liksom arbetena till sjös anförtroddes åt löjtnant Weyprecht, en kunskapsrik och bepröfvad sjöman. Löjtnant Payer åter hade att ombestyra ledningen af arbetena i land, ty han hade länge sedan under sina geodetiska arbeten i Alperna och ytterligare såsom deltagare i Koldeweys öfvervintringsexpedition till Grönlands ostkust 1869—1870 gjort sig känd såsom en öfvad alpklättrare, en god tecknare och en beslutsam och entusiastisk forskare.

Expeditionens fartyg, ångaren Tegetthoff, om 300 tons, utrustades i Elbe med tillgodoseende af alla moderna hjelpmedel, försågs med proviant o. dyl. för $2^1/_2$—3 års tid och utgick slutligen från Bremerhaven den 13 Juni 1872. Största delen af manskapet utgjordes af dalmatier från Adriatiska hafvets kust. Såsom ismästare medföljde särskildt kapten E. Carlsen från Tromsö, hvilken gjort sig väl känd derigenom, att han kringseglat både Spetsbergen och Novaja Semlja samt hemfört relikerna från Barents' vinterhydda i Ishamnen. Efter några ytterligare anordningar i Tromsö lemnade expeditionen denna stad den 14 Juli.

Den 19 Juli möttes den första isen vid 74° 15′ n. br., den 29 Juli kom man i sigte af Novaja Semlja, och den 12 Augusti sammanträffade Tegetthoff vid Pankratjefföarne med slupen Isbjörn, som med grefve Wiltschek ombord var utgången för att nedlägga en proviantdepôt för expeditionens räkning på Novaja Semljas vestkust. Den 21 Augusti togo de båda fartygen afsked af hvarandra, Isbjörn vände åter till Norge, och Tegetthoff ångade norrut på sin storartade upptäcktsfärd. Förr än efter två års förlopp borde man icke hoppas att erhålla några underrättelser från den väl anlagda expeditionen, ty sedan man passerat Novaja Semljas nordspets och framträngt österut till Tajmyrlandet, hade man för afsigt att tillbringa första vintern i närheten af kap Tscheljuskin, Sibiriens nordligaste udde, och den andra någonstädes på de Nysibiriska öarne eller möjligen på Wrangels land.

Men expeditionen fick en helt annan utgång, än man med skäl hade väntat sig. Redan några timmar efter de båda fartygens skilsmässa hade en frisk nordostlig vind skjutit så mycket is samman kring Tegetthoff, att rundtomkring icke var en enda smula vatten att se. Detta inträffade vid 76° 22′ n. br. och 62° 3′ ostl. längd från

Greenwich, på ungefär sex mils afstånd från kusten. »Jag hade förtöjt fartyget», säger Weyprecht, »vid ett flak, fullt medveten derom, att det skulle blifva instängdt. Å ena sidan kunde jag icke besluta mig för att låta de 15 mil åter gå förlorade, som vi lyckligt vunnit under de detta år ogynsamma förhållandena, å andra sidan utgjordes all den kring oss liggande isen af så sönderbråkad drifis, att jag med visshet räknade på, att första ostliga vind skulle föra alltsammans åtskils. Men i stället för ostliga vindar, som jag hade väntat skola efterträda de föregående veckornas ihållande våldsamma sydveststormar, inträdde nu stiltje omväxlande med vestliga vindar. De senare medförde ganska mycket snö, som i förening med temperaturens snabba sjunkande sammanband drifisen. Ända till den 9 September gafs der ingen förändring, isen låg tätt sluten, åt intet håll kunde man se ett spår af vatten. Fartyget dref för de lätta vindarne än åt öster, än åt vester. Temperaturen föll under nätterna ända till — 15° C.» Den 9 September utbröt ändtligen en häftig storm från nordost, som sönderbröt isen i större fält, men fartyget låg fortfarande infruset midt uti ett sådant, och alla ansträngningar att arbeta det loss förblefvo fruktlösa.

Tegetthoffs väg var från denna stund och allt framgent bunden vid isfältets rörelser, och detta fördes af och an allt efter vindarnes godtyckliga nycker. Den 1 Oktober befann sig fartyget vid 76° 50' n. br. och 65° 22' ostl. längd fran Greenwich, och den 5 i samma månad förlorade de Novaja Semljas kust ur synhäll. De voro icke längre upptäcktsresande i den meningen, att de kunde fritt bestämma sin väg, utan passagerare på ett isfält, som tog sin väg deras vilja förutan.

Den 13 Oktober gick det väldiga isfältet i stycken under ett fruktansvärdt tryck från alla sidor, och från denna dag togo de förfärliga ispressningarna sin början, hvilka sedan upprepades med korta mellanrum nästan hela vintern igenom. Der bildade sig gång efter annan stora remnor i isen, isfälten sköto samman, under och öfver hvarandra, fartyget höjdes och sänktes allt efter ispressningarnes våldsamhet, det befann sig i en ytterst bekymmersam belägenhet, och under sådana förhållanden måste naturligtvis allt hållas i beredskap, för att man vid första påminnelse skulle kunna öfverge fartyget. Ett hus af stenkol, som blifvit uppfördt på isen för att tjena som tillflyktsort i händelse af fartygets förlust, förstördes under en rörelse i isen julveckan, och senare, under Januari månad 1873, nådde ispressningarna höjdpunkten af våldsamhet; den 22 Januari pressade sig en ismur upp på några få stegs afstånd från fartyget till 30 fots höjd, och samtidigt förstördes ett tält för magnetiska iakttagelser och ett upplag af stenkol och ved. Under de fem månader, som ispressningarna varade, kommo österrikarne föga till ro, endast sällan kunde de våga kläda fullständigt af sig. Den 16 Februari steg solen åter öfver horisonten efter 109 dygns frånvaro, och kort derefter, den 25. Februari, upphörde ispressningarna lika hastigt och oväntadt, som de börjat hösten förut. Fartyget dref oupphörligt mot nordost, och de resande förestälde sig till och med, att de skulle komma att föras mot Sibiriens kust; men när de den 4 Februari skurit 73:e längdgraden, kantrade vinden om, och från denna dag fördes de, fortfarande lika hjelplösa som förut, mot nordvest. Mot slutet af Februari månad nådde temperaturen sitt minimum för vintern, — 46°,2 Celsius.

När sommaren 1873 inträdt, begyntes arbetena för att befria fartyget. Månaderna Maj, Juni, Juli och Augusti användes för att såga igenom det väldiga isfältet, men derigenom att andra isfält under ispressningarna banat sig väg in under det, hade det nått en tjocklek af 40 fot, och alla ansträngningar visade sig fullkomligt gagnlösa. Först i Juni sågo österrikarne från utkikstunnan enstaka öppningar i isen på stort afstånd, framdeles visade sig också här och der smärre vakar, men aldrig någonstädes egentligt öppet vatten. Isfältet, som under våren syntes hafva hvarken början eller slut, blef under hösten allt mindre och mindre. Utsigten att få tillbringa en andra vinter uuder liknande faror och overksamhet som den första syntes mycket stor, och österrikarne voro redan förberedda derpå, men då förändrade sig helt oväntadt ställningen till deras fördel.

»Sedan lång tid tillbaka», säger Payer, »hade vi blifvit drifna omkring i en del af norra Ishafvet, som förut icke varit af någon besökt, men oaktadt en omsorgsfull utkik hade vi hittills icke kunnat finna något land. Det var för den skull en händelse af icke ringa betydelse, då vi den 13 Augusti öfverraskades af det plötsliga framträdandet af ett bergigt land, omkring 14 eng. mil norr ut, hvilket dimman ända till denna tid hade dolt för våra blickar. Vid detta tillfälle glömde vi all vår förra oro; oförtöfvadt skyndade vi mot land, ehuru fullt öfvertygade derom, att vi icke skulle vara i stånd att komma längre än till randen af vårt isflak. Månader igenom voro vi nu dömda att lida en Tantali qval. Tätt inpå oss hade vi ett nytt polarland, rikt på löften om upptäckter, men nu, beroende som vi voro af vindens växlande nycker och omgifna af öppna vakar, voro vi oförmögna att komma det en hårsmån närmare. Ändtligen, mot slutet af Oktober, närmade vi oss på tre mils afstånd en af öarne, som bildar förposten till hufvudlandet. Vi togo vägen öfver de upptornade och hopskrufvade isblocken och satte så för första gången vår fot på det obekanta landet vid 74° 54′ n. br. Isen, som betäckte hafvet närmast kusten, var endast en fot tjock; det var alltså tydligt, att här hade under den nu gångna sommaren funnits periodiskt öppet vatten. En mera öde ö än denna, som vi kommit till, kan svårligen tänkas, ty snö och is betäckte hennes frusna och steniga sluttningar. Men för oss var hon af sådan vigt, att vi med henne förenade namnet på den person, som var den egentlige upphofsmannen till vår expedition, grefve Wiltschek.»

I September och Oktober dref fartyget längs efter kusten af det nyupptäckta landet, men i början af November frös isflaket, hvarpå det var uppressadt, tillsammans med den fasta landisen vid 79° 51′ n. br. och 58° 56′ ostl. längd från Greenwich. Der blef det orubbligt liggande på

3 sjömils afstånd från närmaste strand, ända tills Österrikarne måste öfverge det den följande sommaren. Fartyget hade redan blifvit ombonadt för att möta öfvervintringen, och under första hälften af Oktober hade ispressningarna åter gjort sig påminta, men sedan Tegetthoff låg orörligt fast vid landisen, förekommo de icke mera under vinterns lopp. Den 22 Oktober gick solen ner för att icke åter visa sig öfver horisonten förr än efter 125 dygns förlopp.

I November uppfördes två snöhus på isen för att hysa de fixa magnetiska och astronomiska instrumenten, och när dessa blifvit uppstälda der, begyntes med nyårets inträde 1874 de regelmässiga magnetiska variationsiakttagelserna. Den första vintern hade varit odräglig till ytterlighet i följd af de ständiga ispressningarna; den andra vintern bildade i detta afseende en fullkomlig motsats mot den förra, men i stället förekommo nu ihållande häftiga snöstormar, som upphörde först i Maj månad. När man insett nödvändigheten och följaktligen öfverenskommit att öfverge fartyget, rustade sig Payer att före hemfärden ge sig åstad mot norden på slädfärder för att kartlägga det nya landet, hvaremot Weyprecht stannade qvar om bord som förut, sysselsatt med anordningarna för hemresan och afslutandet af de vetenskapliga iakttagelserna.

Payer företog under våren 1874 tre särskilda slädfärder, hvilka begyntes den 10 Mars och afslutades den 3 Maj. Den första och sista af dessa färder varade blott några få dagar. Under den första slädfärden, som tog sin början den 10 Mars, var kölden ganska stark och steg vid ett tillfälle till — 50° C. (samtidigt observerades om bord — 43°,3 C.). »Vi voro tvungna», säger Payer, »att iakttaga den största försigtighet; vår nattsömn i tältet blef störd, och öfvergången af Sonklar-glacieren under en obetydlig bris var ytterligt pinsam. Våra kläder voro styfva som ett pansar, och till och med vår rom, ehuru ganska stark, tycktes hafva förlorat både sin kraft och sin fluiditet. Vi sofvo i fyra rockar, men om dagen funno vi kläder gjorda af fågelskinn vara de lämpligaste att motstå klimatets stränghet. Oaktadt all försigtighet ledo vi emellertid mycket af frostskador, mot hvilka en blandning af jod och kollodium visade sig verksammast.» Den andra slädfärden begyntes den 24 Mars, och i denna deltogo, förutom Payer, sex andra personer jämte tre hundar. Släden var lastad med proviant och andra förnödenheter till en vigt af 16 centner. Tvärt emot de förväntningar, man hade skäl att hysa, sjönk temperaturen under denna resa icke under — 32°,5 C., men snödrifvor och fuktighet, vakar i isen och vattnets öfversvämning, der vägen gick fram, voro till stort bekymmer. Den 26 Mars passerades 80:e breddgraden och den 3 April den 81:a. Den 12 April var den sista dag, som Payer framgick mot norden; temperaturen var då — 12°,5 C. Han vände om vid 82° 5′ n. br. och återkom, efter jämt en månads frånvaro, till fartyget den 24 April. Frukten af denna slädfärd var en kartläggning af det nya landet, som sedermera erhöll namnet Frans Josefs land, norr ut ända till 83:e breddgraden. När den tredje slädfärden var bragt till slut, uppmätte Weyprecht för kartläggnin-

rande nordostpassagens utförbarhet? — Jag skall påpeka, hvad Payer och Weyprecht omedelbart efter hemkomsten 1874 uttalat om möjligheten af. en sådan passage. Weyprecht skrifver bland annat i bref till Petermann sålunda: -— »För det tredje har frågan om möjligheten att framtränga mot öster längs efter Sibiriens kust alldeles. i ingen mån modifierats genom resultaten af vår expedition. Den plan för expeditionen, som jag i December 1871 framlade för vetenskapsakademien i Wien, anser jag fortfarande lika utförbar som då, och jag skulle eventuelt än en gång vara beredd att utföra densamma.» Payers uttalande i frågan går deremot i alldeles motsatt riktning. Han säger, likaledes i bref till Petermann: »Der gifves intet öppet och intet fullkomligt slutet polarhaf, men der finnes en viss årligen växlande chance för skeppsfart. Denna chance tänker jag mig dock aldrig någonsin så stor, att man skall kunna uppnå polen eller utföra nordostpassagen.»

Det dröjde icke mer än fyra år, förr än dessa alldeles stridiga åsigter funno sin slutliga lösning; och det befans då, att Weyprecht hade profeterat rätt, men Payer orätt. Nordenskiöldska expeditionens färd från Atlanten till Berings sund på en enda sommar, 1878, gjorde ändtligen ett slut på en af polarforskningens äldsta och vigtigaste frågor.

De geografiska upptäckternas historia

af

JULES VERNE.

Öfversättning af C. A. SWAHN.

Auktoriserad upplaga. Med omkring 100 illustrationer.

Första Bandet. Fullständigt i sju häften. Pris 7 kronor.

Som prof å de många fördelaktiga vitsord som tilldelats denna svenska upplaga anföra vi följande:

»Detta väl skrifna och ur goda källor hemtade allmänfattliga arbete förtjenar att förordas.»
(Nerikes Alleh.)

»Förf:s lifliga stil förnekar sig ej heller i detta arbete, som erbjuder ett mer än vanligt intresse, ytterligare förhöjdt genom de många vackra illustrationer det meddelar. Arbetet torde rekommendera sig sjelf och vinna en mycket god afsättning. Det är i allo prydligt utstyrdt och öfversättningen är verkstäld af en erfaren och skicklig hand.»
(Kalmar.)

»Att en historisk, fortlöpande skildring af de geografiska upptäckterna, gjord af ens hand, skall blifva välkommen hos hvar och en, som vid ett nyttigt studium fäster värde på en behagfull och liflig framställning, torde icke kunna betviflas.»
(Sm. T—n.)

»Detta arbete utmärker sig för samma fängslande framställningssätt som förf:s många föregående verk, men har ett bestämdt företräde framför dessa deruti, att författarens allt för lifliga fantasi här blifvit tillbörligen bunden med reflexionens och iakttagelsens tyglar.»
(O. T.)

»Detta literära företag förtjenar i hög grad den bildade allmänhetens uppmärksamhet.»
(Nya Sk. P—n.)

»Det är en trogen skildring af alla i verkligheten äfventyrliga upptäcktsresor som företagits från uråldsta forntiden intill våra dagar.» (Gottl. A.)

»Vi äro öfvertygade att den svenska allmänheten skall göra detta populära arbete af den omtyckte författaren all den rättvisa det förtjenar.» (Jönk. T.)

»Boken kan göra anspråk på att vara ett vetenskapligt arbete. — Arbetet pryes af förträffliga träsnitt.»
(L. W.)

OBS! Af ofvanstående arbete förberedes andra bandet att utkomma under loppet af detta år, och sträcker sig dess innehåll till **Alex. v. Humboldts** resor i början af innevarande århundrade.